LA JEUNE FILLE À LA PERLE

Tracy Chevalier

Fiche de lecture

Rédigée par Magali Vienne, maitre en langues et littératures françaises et romanes
(Université libre de Bruxelles)

lePetitLittéraire.fr

Retrouvez tout notre catalogue sur www.lePetitLitteraire.fr
Avec lePetitLittéraire.fr, simplifiez-vous la lecture !

4, rue Henri Lemaitre | 5000 Namur
www.primento.com
ISBN 978-2-8062-1291-7
Dépôt légal : D/2011/12.603/211

SOMMAIRE

LA JEUNE FILLE À LA PERLE

TRACY CHEVALIER

Tracy Chevalier est une auteure américaine née en 1962 à Washington. Après des études d'anglais dans l'Ohio, elle quitte les États-Unis pour l'Angleterre où elle vit depuis 1984. Elle a tout d'abord travaillé dans le monde de l'édition avant d'entamer un MA en création littéraire à l'université d'East Anglia. Pendant ces études, elle a publié sa première fiction, intitulée *La Vierge en bleue* (1997).

C'est avec *La jeune fille à la perle* (1999) qu'elle connait véritablement le succès. Depuis, elle publie régulièrement des romans historiques dont les plus connus sont *La Dame à la licorne* (2004) et *L'Innocence* (2007).

- **Née en 1962 à Washington**
- **Romancière américaine**
- **Quelques-unes de ses œuvres :**
  La jeune fille à la perle (1999)
  La Dame à la licorne (2004)

Tout est parti d'un tableau...

Publié en 1999, *La jeune fille à la perle* est le second roman de Tracy Chevalier. Inspiré d'un tableau de Johannes Vermeer (1632-1675), peintre hollandais du XVIIe siècle, ce roman raconte l'histoire imaginaire de la jeune inconnue qui a posé pour ce tableau. En effet, aujourd'hui encore, les historiens de l'art n'ont aucune information concernant le modèle qui a posé pour le célèbre peintre.

C'est un roman historique, écrit à la première personne, qui retrace le destin de Griet, une jeune servante de 16 ans, depuis son entrée au service des Vermeer jusqu'à la mort du peintre.

La jeune fille à la perle a fait l'objet d'une adaptation cinématographique de Peter Webber, en 2002, dans lequel Scarlett Johansson joue le rôle de Griet et Colin Firth, celui de Johannes Vermeer.

1. RÉSUMÉ

1664

À Delft, Griet, 16 ans, apprend qu'elle va être placée comme servante chez le peintre Johannes Vermeer parce que sa famille est ruinée (un accident a couté la vue à son père qui était faïencier). Ses nouveaux maitres viennent la rencontrer alors qu'elle aide sa mère à la cuisine.

Le lendemain, elle quitte sa famille. Son père lui offre un **carreau de faïence** sur lequel sont représentés deux enfants : Griet et son frère cadet, Frans. À son arrivée, Griet rencontre les enfants des Vermeer, qui jouent devant la porte, ainsi que Tanneke, l'autre servante. Celle-ci l'introduit auprès de Maria Thins, la mère de Catharina Vermeer, mais surtout, la **véritable maitresse** de maison. Après avoir reçu les premières informations sur ses tâches quotidiennes, Griet part au canal, accompagnée des enfants et se fait chahuter par Cornelia, la seconde fille des Vermeer. Griet la **gifle** pour lui faire comprendre qu'elle ne se laissera pas faire et prend alors conscience que Cornelia risque de lui **attirer des ennuis**.

Le deuxième jour, Griet découvre **l'atelier du peintre**, dans lequel elle devra faire le ménage en veillant à toujours replacer les objets à la place exacte où ils se trouvaient avant son passage. Ce sera sa tâche principale au sein de la maison. L'après-midi, elle se rend au **marché** avec Tanneke qui lui présente le boucher et le charcutier fréquentés par la famille. Griet **rencontre ainsi Pieter**, le fils du boucher qui, plus tard, deviendra son mari.

Le dimanche, Griet retourne chez ses parents pour le diner et leur remet l'argent gagné la semaine. Elle retrouve également sa jeune sœur, Agnès.

Un jour, Vermeer, travaillant à l'aide d'une chambre noire, invite Griet à regarder au travers et lui explique son fonctionnement.. C'est le **début de la complicité** entre le peintre et la jeune fille.

Quelques jours plus tard, Griet apprend par Pieter fils que la peste a envahi le quartier de ses parents et que les autorités vont le placer en quarantaine. Catharina lui interdit alors de retourner chez ses parents jusqu'à ce que la peste soit officiellement éradiquée. Après plusieurs jours d'angoisse, Pieter fils lui annonce qu'Agnès est malade.

Le tableau sur lequel Vermeer travaillait depuis l'arrivée de Griet est terminé. Son commanditaire, Monsieur Van Ruijven est le **grand mécène** du peintre. Alors qu'il vient voir le tableau achevé, il aperçoit Griet et tombe son charme.

Agnès meurt à la fin de l'été. Quelques semaines plus tard, **Catharina accouche** de son sixième enfant. On organise un grand repas pour fêter l'événement. Pieter fils vient livrer la viande à la maison. Comme Griet sort pour l'accueillir, Vermeer quitte lui aussi la maison et surprend le sourire du jeune boucher. La jeune fille perçoit immédiatement une **tension entre les deux hommes.**

1665

Un jour de janvier particulièrement froid, alors que Griet va chez l'apothicaire chercher des remèdes pour les enfants, Vermeer lui **demande de lui ramener des ingrédients** pour ses couleurs, chose qu'il n'avait jamais demandée à personne jusque-là. Cornelia, témoin de cet échange, brise le carreau en faïence de Griet. Vermeer demande de plus en plus souvent à Griet de l'aider pour sa peinture, jusqu'à lui apprendre comment broyer les ingrédients pour réaliser les couleurs. Il n'ose pas parler à sa femme de l'aide que lui apporte Griet mais parvient à faire en sorte qu'elle **dorme dans le grenier** plutôt qu'à la cave, ce qui lui permet de travailler pour lui le matin très tôt ou le soir avant d'aller se coucher.

Un jour, Maria Thins découvre ce que Griet fait pour le peintre. Elle lui demande alors de l'aider à peindre plus vite, mais lui interdit d'en toucher mot à Catharina ou à Tanneke. Cornelia décide de tendre un piège à Griet afin que Tanneke l'apprenne. Cette dernière, jalouse de l'intérêt que le peintre porte à Griet, décide de lui rendre la vie impossible.

En avril, **Pieter** fils se rend à l'église de Griet afin de **rencontrer ses parents**. Dès lors, il est régulièrement invité le dimanche chez la jeune fille.

Vermeer commence un nouveau tableau représentant la femme de Van Ruijven. Griet trouve la composition trop ordonnée et se permet de **modifier le tomber de la nappe**. Vermeer, surpris, lui demande pourquoi elle a opéré ce changement et s'étonne d'apprendre quelque chose de la part d'une servante. Son **respect** pour Griet ne cesse d'augmenter.

Toujours aussi **jalouse**, Cornelia vole un peigne en écaille de sa mère et va le placer dans les affaires de Griet, subtilisant le propre peigne de la servante. Celle-ci découvre la supercherie et va trouver Vermeer. Le peintre prend le parti de Griet, Cornelia est sévèrement **punie**. Le **soutien** que Vermeer apporte à Griet contre sa propre fille va changer le comportement des autres femmes de la maison envers Griet : Tanneke s'adoucit, la méfiance de Catharina augmente ainsi que le respect de Maria Thins.

Van Ruijven annonce qu'il veut figurer dans un prochain tableau avec Griet. Celle-ci, inquiète, refuse et s'en ouvre auprès de Maria Thins. Vermeer, pour protéger Griet mais néanmoins satisfaire son plus gros client lui promet de réaliser le **portrait de Griet**, seule.

1666

En février, Pieter fils annonce à Griet qu'il va la demander en **mariage** le jour de ses 18 ans.

Griet pose pour le portrait demandé par Van Ruijven. Pour ajouter une touche de lumière à la composition, Vermeer souhaite que Griet porte les **perles de Catharina**. La servante n'aime pas cette perspective, mais n'a pas le choix. Alors qu'elle se coiffe dans le grenier, Vermeer monte et la voit avec les **cheveux lâchés**. Un trouble immense s'installe entre eux. Bouleversée que le peintre l'ait vue comme ça, Griet perd toute retenue avec Pieter fils et accepte de faire l'amour avec lui.

Cornelia découvre que Griet a porté les perles de sa mère et lui montre le tableau. Catharina se dispute violemment avec son mari et tente de lacérer le tableau. Elle accuse Griet d'être une voleuse. Ni Maria Thins, ni Vermeer ne prennent sa défense. **Griet s'enfuit**. Catharina fait une fausse couche dans l'atelier.

1676

Griet est **mariée avec Pieter** fils et a deux enfants. Alors qu'elle tient le stand de la boucherie au marché, Tanneke vient lui annoncer que Catharina souhaite la voir. Deux mois plus tôt, Griet avait appris la mort du peintre.

Catharina annonce à Griet que **Vermeer lui a légué les perles**.

Griet **vend les perles** et se dit que l'argent récolté servira à payer la dette que les Vermeer devaient toujours au boucher. Elle ne compte pas dire à son mari d'où provient exactement l'argent.

2. ÉTUDE DES PERSONNAGES

Griet

C'est la **narratrice** du roman. C'est une jeune fille, issue de la classe ouvrière de Delft, dont les parents sont tombés dans la misère à la suite d'un accident qui a rendu son père aveugle. Étant l'aînée, elle est placée comme servante.

Dotée de beaucoup de bon sens, Griet est aussi très **consciencieuse**. C'est ce qui lui vaudra d'être engagée chez les Vermeer : elle parvient à replacer les objets de l'atelier à leur place exacte après avoir fait le ménage, de manière à ce qu'on ne s'aperçoive pas qu'ils ont été déplacés. Elle possède également un certain **sens artistique** : bien qu'elle ne connaisse pas la théorie de la peinture, elle a **l'instinct du peintre** (elle classe inconsciemment les légumes par couleur, elle déplace la nappe pour modifier la composition d'un tableau...).

Diplomate, elle sait trouver les mots pour s'éviter les ennuis. Elle possède aussi un grand sens moral.

Elle est entièrement **dévouée à Vermeer** même si elle a conscience que certains actes qu'il lui demande la mènent à sa perte.

Vermeer

C'est un véritable **artiste**. Très calme, très silencieux, il **vit en marge** de la vie quotidienne de la maison. Il ne prend guère part aux discussions concernant la gestion du ménage, il laisse le soin de la négociation de ses contrats à Maria Thins, il ne s'intéresse pas à l'éducation des enfants. Pour lui, seule la peinture compte : il ne prend pas garde aux conséquences que cela pourrait avoir sur la vie des autres membres de la maison, notamment celle de Griet.

Protestant de naissance, il s'est converti au **catholicisme** lorsqu'il s'est marié à Catharina.

Très amoureux de son épouse, il est toutefois **troublé par sa jeune servante** : il est jaloux de Pieter fils et ne permet pas à Van Ruijven de profiter de Griet comme celui-ci le désirerait.

Catharina

C'est la femme de Vermeer. Déjà mère de 5 enfants, elle est enceinte du sixième quand Griet entre à son service. Bien qu'elle semble très sûre d'elle à première vue, on se rend rapidement compte qu'elle n'est **pas à l'aise** dans son rôle de maitresse de maison. Dès le départ, elle voit Griet comme une rivale : elle est rapidement **jalouse** de l'intérêt que lui porte son mari et surtout de la confiance qu'il lui accorde. (Catharina n'a pas le droit d'entrer dans l'atelier de Vermeer en son absence car elle est trop maladroite.)

Cornelia

Elle est la seconde fille de Vermeer. Elle est de **caractère très changeant**, comme sa mère. Dès le premier jour, elle décide que Griet sera son **ennemie** : pendant tout le temps que Griet sera au service de Vermeer, la fillette lui fera payer la **gifle** reçue lors de son premier jour. Elle sera à l'origine de tous les problèmes que connaitra Griet dans la maison.

Maria Thins

Maria est la mère de Catharina. Vieille femme au caractère bien trempé, c'est elle qui **tient réellement la maison en ordre** : elle tempère les humeurs de sa fille, tient les cordons de la bourse, négocie les ventes des tableaux, etc. Elle s'aperçoit rapidement que Griet n'est pas une servante comme les autres : elle la couvre à plusieurs reprises pour qu'elle puisse travailler avec Vermeer, c'est d'ailleurs elle qui lui donne les perles pour le portrait. Cependant, elle n'hésite pas à **sacrifier** la jeune servante quand Catharina le découvre.

Tanneke

C'est la servante de Maria Thins depuis plus de quatorze ans. Extrêmement **loyale** envers sa maitresse, elle est également terriblement fière et supporte difficilement l'intérêt que Vermeer porte à Griet.

Van Ruijven

Il est le **mécène** de Vermeer. Homme très riche, il n'a pas un grand sens moral. Amateur de femmes, il a déjà mis une servante enceinte et a maintenant jeté son dévolu sur Griet qu'il harcèle dès qu'il en a l'occasion. Il souhaite poser à ses côtés, mais, devant le refus catégorique de Vermeer, il finit par accepter de n'avoir que son portait.

Van Leeuwenhoek

C'est un grand ami de Vermeer. Il n'apprécie pas Catharina et celle-ci le lui rend bien. Homme loyal, il s'attache à Griet et n'hésite pas à la **mettre en garde** contre la folie artistique de Vermeer. Il sera l'exécuteur testamentaire du peintre.

Pieter fils

Jeune boucher, il tombe **amoureux de Griet** dès leur première rencontre. Homme doux et calme, il devient d'abord son ami avant de lui faire comprendre qu'il aimerait lui offrir plus. Il reste **patient** devant la réticence de Griet et attend son dix-huitième anniversaire pour demander sa main. **Respectueux** du caractère secret de sa fiancée, il lui laisse une assez grande liberté.

3. CLÉS DE LECTURE

Un roman historique

Ce roman s'inspire d'un **véritable tableau** réalisé par Johannes Vermeer vers 1665 intitulé *La jeune fille à la perle* ou encore *La jeune fille au turban*. Tracy Chevalier a donc étudié attentivement la biographie du peintre et de son entourage afin de mêler les **éléments biographiques réels à la trame fictionnelle de l'histoire** :

- les tableaux décrits font effectivement partie de l'œuvre de Vermeer : celui pour lequel a posé Tanneke est *La laitière*, Van Ruijven a réellement posé dans *Le Concert*, etc. ;
- Vermeer s'est converti au catholicisme ;
- Van Ruijven était effectivement son mécène et Van Leeuwenhoek était un savant qui a vécu à l'époque et qui a été nommé curateur des dettes de Vermeer à sa mort ;
- etc.

La peinture que Tracy Chevalier fait de la ville de Delft est également basée sur la réalité historique de l'époque : l'importance du commerce de la faïencerie (spécialité de la ville), la mise en quarantaine de certains quartiers de la ville pour cause de peste...

Importance de la religion

Depuis le schisme de 1549, la population des Pays-Bas était **majoritairement protestante**. Cependant, une minorité catholique vivait également dans ce pays. On retrouve cette dualité religieuse entre Griet, qui est protestante, et la famille Vermeer, qui est catholique. Griet ne connaissait pas de catholiques avant d'être placée chez les Vermeer, les deux communautés n'ayant pas l'habitude de se mélanger (« Disons qu'ils étaient tolérés dans cette bonne ville, mais n'étaient pas censés faire éloge de leur foi. » p.27)

La **gêne** que Griet ressent **par rapport à la religion catholique** est fortement mise en avant dans le roman, surtout dans la première partie :

- insistance sur le malaise ressenti à la vue des tableaux représentant une crucifixion ;
- refus de Griet de rester « chez les catholiques » (p.95) le dimanche alors que son quartier est placé en quarantaine ;

- question de Griet à Vermeer concernant le caractère catholique de sa peinture.

Néanmoins, Tracy Chevalier insiste sur le **respect des croyances** de l'autre : Griet accepte de remercier Dieu avec toute la famille à la naissance de Franciscus.

Une relation ambiguë

L'ensemble du roman se base également sur la **relation équivoque**, teintée de respect et de désir inavoué qui existe entre Vermeer et Griet.

Les sentiments particuliers de Griet par rapport au peintre se marquent principalement par le fait qu'elle **ne le nomme jamais**, contrairement aux autres membres de la maison qu'elle désigne par leur prénom. Quand elle évoque Vermeer, elle utilise les termes suivants : il, lui, mon maitre. Jamais son nom, ni son prénom.

De même, les sentiments qui les animent ne sont jamais vraiment nommés : on sait uniquement que Griet est troublée par le contact des mains de Vermeer sur les siennes quand il lui apprend à broyer les ingrédients ou par son regard lorsqu'elle pose pour lui. On sait également par un regard que Vermeer n'apprécie pas Pieter mais le mot jalousie n'est pas employé.

Leur relation reste dans les **domaines du non-dit et du fantasme**. Par exemple, Griet pense à la scène de l'atelier avec Vermeer quand elle ressent du plaisir dans les bras de Pieter.

Symbolique des cheveux

Les cheveux ont toujours eu une symbolique importante. Ils sont souvent en lien avec la **pudeur** et la **séduction**. Griet porte toujours une coiffe, qu'elle soit chez elle ou a l'extérieur. Cela s'explique par le fait que la jeune fille possède une chevelure très dense et indisciplinée qui, selon elle, lui donne l'air « d'une Griet [...] semblable à ces femmes qui osent aller tête nue » (p. 171). Alors qu'elle entretient déjà une relation plus personnelle avec Pieter, elle refuse de lui laisser enlever sa coiffe pour voir sa chevelure de peur qu'il se fasse une mauvaise opinion de ce qu'elle est.

Le jour où Vermeer la **surprend** tête nue dans le grenier, alors qu'elle est en train d'arranger sa coiffe, quelque chose se brise en Griet : « Maintenant qu'il avait vu mes cheveux, [...], je n'avais plus l'impression qu'il me restait quelque précieux trésor à garder pour moi seule. » (p. 266). Elle **perd alors sa pudeur** avec Pieter, ils font l'amour dans la ruelle.

Structure : importance des répétitions

La trame générale du roman est relativement simple et suit **l'ordre chronologique** des évènements. Elle se divise en 4 parties : 1664, 1665, 1666 et 1676. Les trois premières parties représentent les années que Griet a passées au service des Vermeer et la dernière est celle où elle apprend la mort du peintre et doit retourner une dernière fois chez eux.

Entre la première et la dernière partie, nous remarquons un grand nombre de **similitudes**. En effet, lorsque Griet retourne chez les Vermeer, elle a quelque peu l'impression de revivre son premier jour de service :

- il y a quatre enfants alignés par ordre de grandeur devant la maison, l'ainé jouant avec des bulles de savon ;
- bousculade des enfants pour aller annoncer l'arrivée de Griet ;
- Maria Thins n'a pas changé. Elle répète une phrase qu'elle avait l'habitude de dire quand Griet travaillait chez eux « Jamais nous n'avons eu autant d'ennuis avec une servante ! » (p. 306)
- Rappel du conseil que lui donnait souvent Van Leeuwenhoek « Veuillez à rester vous-même » (p. 312)
- Griet gifle Cornelia.

Un autre élément phare du roman est **l'étoile de la place du marché** qui marque chaque étape majeure de la vie de Griet :

- le jour de son entrée en service, elle emprunte la voie pointée par la huitième branche, celle qu'elle n'avait encore jamais suivie ;
- lorsqu'elle s'enfuit de la maison des Vermeer, elle se laisse tourner au milieu de l'étoile parce qu'elle ne sait quelle direction choisir ;
- après avoir reçu les perles de Catharina, elle fait plusieurs fois le tour de l'étoile avant de décider d'aller vendre les perles.

Enfin, la répétition d'une phrase marque le **passage de l'innocence de l'enfance à celui de l'âge adulte et des désillusions** : « Il n'y a que les enfants et les voleurs qui partent en courant. » (p. 107 et p. 291)

- La première fois, Griet le pense quand elle s'enfuit du marché en courant en apprenant que la peste touche son quartier : c'est l'enfant qui veut rejoindre ses parents.

- La seconde fois, elle quitte la maison des Vermeer après avoir été accusée d'avoir pris les perles de Catharina. Le génie artistique de Vermeer a triomphé au détriment de l'innocence de la jeune fille.

4. PISTES DE RÉFLEXION

Quelques questions pour approfondir sa réflexion…

- Comment l'écriture de Tracy Chevalier témoigne-t-elle de l'origine populaire de la narratrice ? Illustrez par des exemples.
- La cécité du père de Griet pourrait être un détail dans cette histoire. C'est pourtant un élément clé dans le développement de la narration. Qu'apporte-t-elle au roman (tant au niveau du fond que de la forme) ?
- En quoi peut-on dire que ce roman symbolise la perte de l'innocence ?
- À quel genre littéraire ce roman appartient-il ? Justifiez par des exemples.
- Bien que la relation entre Vermeer et Griet reste purement platonique, ne pourrions-nous pas affirmer, toutefois, qu'elle est empreinte d'érotisme ? Pourquoi ?
- Dans la description des tableaux peints par Vermeer, Tracy Chevalier parvient parfaitement à rendre compte des principales caractéristiques la peinture de l'artiste. Quelles sont-elles ? Illustrez-les à l'aide d'une description de tableau tirée du livre. À quel grand style pictural ces caractéristiques répondent-elles ?
- La différence de religion entre Griet et ses nouveaux maitres est souvent abordée dans le roman. Selon vous, quel message l'auteure tente-t-elle de faire passer par ce biais ? Justifiez.
- Susan Vreeland s'est inspirée d'un autre tableau de Vermeer, *La jeune fille en bleu jacinthe* (1999) afin d'en raconter l'histoire. Quels sont les différences et les points communs dans la manière dont les deux auteures retracent l'histoire de ces deux tableaux ?
- Griet termine son histoire par la considération suivante : « La dette désormais réglée, je ne lui aurais rien couté. Une servante ne coutait rien. » (p. 313). Que cela signifie-t-il, selon vous ?
- Peter Webber a adapté *La jeune fille à la perle* (2003) au cinéma. Par quels moyens est-il parvenu à rendre compte de l'atmosphère spécifique de la peinture de Vermeer, si présente dans le roman ?

5. INFORMATIONS COMPLÉMENTAIRES

Édition de référence

- *La jeune fille à la perle*, trad. par Marie-Odile Fortier Masek, Paris, Gallimard, 2002.

Adaptation cinématographique

- *La jeune fille à la perle* (*Girl with a Pearl Earring*, 2003), de Peter Webber avec Scarlett Johansson et Colin Firth.

Frank, *Le Journal d'Anne Frank*
Gary, *La Promesse de l'aube*
Gary, *La Vie devant soi*
Gary, *Les Cerfs-volants*
Gary, *Les Racines du ciel*
Gaudé, *Eldorado*
Gaudé, *La Mort du roi Tsongor*
Gaudé, *Le Soleil des Scorta*
Gautier, *La morte amoureuse*
Gautier, *Le capitaine Fracasse*
Gautier, *Le chevalier double*
Gautier, *Le pied de momie et autres contes*
Gavalda, *35 kilos d'espoir*
Gavalda, *Ensemble c'est tout*
Genet, *Journal d'un voleur*
Gide, *La Symphonie pastorale*
Gide, *Les Caves du Vatican*
Gide, *Les Faux-Monnayeurs*
Giono, *Le Chant du monde*
Giono, *Le Grand Troupeau*
Giono, *Le Hussard sur le toit*
Giono, *L'homme qui plantait des arbres*
Giono, *Les Âmes fortes*
Giono, *Un roi sans divertissement*
Giordano, *La solitude des nombres premiers*
Giraudoux, *Electre*
Giraudoux, *La guerre de Troie n'aura pas lieu*
Gogol, *Le Manteau*
Gogol, *Le Nez*
Golding, *Sa Majesté des Mouches*
Grimbert, *Un secret*
Grimm, *Contes*
Gripari, *Le Bourricot*
Guilleragues, *Lettres de la religieuse portugaise*
Gunzig, *Mort d'un parfait bilingue*
Harper Lee, *Ne tirez pas sur l'oiseau moqueur*
Hemingway, *Le Vieil Homme et la Mer*
Hessel, *Engagez-vous!*
Hessel, *Indignez-vous!*
Higgins, *Harold et Maud*
Higgins Clark, *La nuit du renard*
Homère, *L'Iliade*
Homère, *L'Odyssée*
Horowitz, *La Photo qui tue*
Horowitz, *L'Île du crâne*
Hosseini, *Les Cerfs-volants de Kaboul*
Houellebecq, *La Carte et le Territoire*
Hugo, *Claude Gueux*
Hugo, *Hernani*
Hugo, *Le Dernier Jour d'un condamné*
Hugo, *L'Homme qui Rit*
Hugo, *Notre-Dame de Paris*
Hugo, *Quatrevingt-Treize*
Hugo, *Les Misérables*
Hugo, *Ruy Blas*
Huston, *Lignes de faille*
Huxley, *Le meilleur des mondes*
Huysmans, *À rebours*
Huysmans, *Là-Bas*
Ionesco, *La cantatrice Chauve*
Ionesco, *La leçon*
Ionesco, *Le Roi se meurt*
Ionesco, *Rhinocéros*
Istrati, *Mes départs*
Jaccottet, *A la lumière d'hiver*
Japrisot, *Un long dimanche de fiançailles*
Jary, *Ubu Roi*
Joffo, *Un sac de billes*
Jonquet, *La vie de ma mère!*
Juliet, *Lambeaux*
Kadaré, *Qui a ramené Doruntine?*
Kafka, *La Métamorphose*
Kafka, *Le Château*
Kafka, *Le Procès*
Kafka, *Lettre au père*
Kerouac, *Sur la route*
Kessel, *Le Lion*
Khadra, *L'Attentat*
Koenig, *Nitocris, reine d'Egypte*
La Bruyère, *Les Caractères*
La Fayette, *La Princesse de Clèves*
La Fontaine, *Fables*
La Rochefoucauld, *Maximes*
Läckberg, *La Princesse des glaces*
Läckberg, *L'oiseau de mauvais augure*
Laclos, *Les Liaisons dangereuses*
Lamarche, *Le jour du chien*
Lampedusa, *Le Guépard*
Larsson, *Millenium I. Les hommes qui n'aimaient pas les femmes*
Laye, *L'enfant noir*
Le Clézio, *Désert*
Le Clézio, *Mondo*
Leblanc, *L'Aiguille creuse*
Leiris, *L'Âge d'homme*
Lemonnier, *Un mâle*
Leprince de Beaumont, *La Belle et la Bête*
Leroux, *Le Mystère de la Chambre Jaune*
Levi, *Si c'est un homme*
Levy, *Et si c'était vrai...*
Levy, *Les enfants de la liberté*
Levy, *L'étrange voyage de Monsieur* Daldry
Lewis, *Le Moine*
Lindgren, *Fifi Brindacier*
Littell, *Les Bienveillantes*
London, *Croc-Blanc*
London, *L'Appel de la forêt*
Maalouf, *Léon l'africain*
Maalouf, *Les échelles du levant*
Machiavel, *Le Prince*
Madame de Staël, *Corinne ou l'Italie*
Maeterlinck, *Pelléas et Mélisande*
Malraux, *La Condition humaine*
Malraux, *L'Espoir*
Mankell, *Les chaussures italiennes*
Marivaux, *Les Acteurs de bonne foi*
Marivaux, *L'île des esclaves*
Marivaux, *La Dispute*
Marivaux, *La Double Inconstance*
Marivaux, *La Fausse Suivante*
Marivaux, *Le Jeu de l'amour et du hasard*
Marivaux, *Les Fausses Confidences*
Maupassant, *Boule de Suif*
Maupassant, *La maison Tellier*
Maupassant, *La morte et autres nouvelles fantastiques*
Maupassant, *La parure*
Maupassant, *La peur et autres contes fantastiques*
Maupassant, *Le Horla*
Maupassant, *Mademoiselle Perle et autres nouvelles*
Maupassant, *Toine et autres contes*
Maupassant, *Bel-Ami*
Maupassant, *Le papa de Simon*
Maupassant, *Pierre et Jean*
Maupassant, *Une vie*
Mauriac, *Le Mystère Frontenac*
Mauriac, *Le Noeud de vipères*
Mauriac, *Le Sagouin*
Mauriac, *Thérèse Desqueyroux*
Mazetti, *Le mec de la tombe d'à côté*
McCarthy, *La Route*
Mérimée, *Colomba*
Mérimée, *La Vénus d'Ille*
Mérimée, *Carmen*
Mérimée, *Les Âmes du purgatoire*
Mérimée, *Matéo Falcone*
Mérimée, *Tamango*
Merle, *La mort est mon métier*
Michaux, *Ecuador et un barbare en Asie*
Mille et une Nuits
Mishima, *Le pavillon d'or*
Modiano, *Lacombe Lucien*
Molière, *Amphitryon*
Molière, *L'Avare*
Molière, *Le Bourgeois gentilhomme*
Molière, *Le Malade imaginaire*
Molière, *Le Médecin volant*
Molière, *L'Ecole des femmes*
Molière, *Les Précieuses ridicules*
Molière, *L'Impromptu de Versailles*
Molière, *Dom Juan*
Molière, *Georges Dandin*
Molière, *Le Misanthrope*
Molière, *Le Tartuffe*
Molière, *Les Femmes savantes*
Molière, *Les Fourberies de Scapin*
Montaigne, *Essais*
Montesquieu, *L'Esprit des lois*
Montesquieu, *Lettres persanes*
More, *L'Utopie*
Morpurgo, *Le Roi Arthur*
Musset, *Confession d'un enfant du siècle*
Musset, *Fantasio*
Musset, *Il ne faut juger de rien*
Musset, *Les Caprices de Marianne*
Musset, *Lorenzaccio*
Musset, *On ne badine pas avec l'amour*
Musso, *La fille de papier*
Musso, *Que serais-je sans toi?*
Nabokov, *Lolita*
Ndiaye, *Trois femmes puissantes*
Nemirovsky, *Le Bal*
Nemirovsky, *Suite française*
Nerval, *Sylvie*
Nimier, *Les inséparables*
Nothomb, *Hygiène de l'assassin*
Nothomb, *Stupeur et tremblements*
Nothomb, *Une forme de vie*
N'Sondé, *Le coeur des enfants léopards*
Obaldia, *Innocentines*
Onfray, *Le corps de mon père, autobiographie de ma mère*
Orwell, *1984*
Orwell, *La Ferme des animaux*
Ovaldé, *Ce que je sais de Vera Candida*
Ovide, *Métamorphoses*
Oz, *Soudain dans la forêt profonde*

Pagnol, *Le château de ma mère*
Pagnol, *La gloire de mon père*
Pancol, *La valse lente des tortues*
Pancol, *Les écureuils de Central Park sont tristes le lundi*
Pancol, *Les yeux jaunes des crocodiles*
Pascal, *Pensées*
Péju, *La petite chartreuse*
Pennac, *Cabot-Caboche*
Pennac, *Au bonheur des ogres*
Pennac, *Chagrin d'école*
Pennac, *Kamo*
Pennac, *La fée carabine*
Perec, *W ou le souvenir d'Enfance*
Pergaud, *La guerre des boutons*
Perrault, *Contes*
Petit, *Fils de guerre*
Poe, *Double Assassinat dans la rue Morgue*
Poe, *La Chute de la maison Usher*
Poe, *La Lettre volée*
Poe, *Le chat noir et autres contes*
Poe, *Le scarabée d'or*
Poe, *Manuscrit trouvé dans une bouteille*
Polo, *Le Livre des merveilles*
Prévost, *Manon Lescaut*
Proust, *Du côté de chez Swann*
Proust, *Le Temps retrouvé*
Queffélec, *Les Noces barbares*
Queneau, *Les Fleurs bleues*
Queneau, *Pierrot mon ami*
Queneau, *Zazie dans le métro*
Quignard, *Tous les matins du monde*
Quint, *Effroyables jardins*
Rabelais, *Gargantua*
Rabelais, *Pantagruel*
Racine, *Andromaque*
Racine, *Bajazet*
Racine, *Bérénice*
Racine, *Britannicus*
Racine, *Iphigénie*
Racine, *Phèdre*
Radiguet, *Le diable au corps*
Rahimi, *Syngué sabour*
Ray, *Malpertuis*
Remarque, *A l'Ouest, rien de nouveau*
Renard, *Poil de carotte*
Reza, *Art*
Richter, *Mon ami Frédéric*
Rilke, *Lettres à un jeune poète*
Rodenbach, *Bruges-la-Morte*
Romains, *Knock*
Roman de Renart
Rostand, *Cyrano de Bergerac*
Rotrou, *Le Véritable Saint Genest*
Rousseau, *Du Contrat social*
Rousseau, *Emile ou de l'Education*
Rousseau, *Les Confessions*
Rousseau, *Les Rêveries du promeneur solitaire*
Rowling, *Harry Potter–La saga*
Rowling, *Harry Potter à l'école des sorciers*
Rowling, *Harry Potter et la Chambre des Secrets*
Rowling, *Harry Potter et la coupe de feu*
Rowling, *Harry Potter et le prisonnier d'Azkaban*
Rufin, *Rouge brésil*
Saint-Exupéry, *Le Petit Prince*
Saint-Exupéry, *Vol de nuit*
Saint-Simon, *Mémoires*
Salinger, *L'attrape-coeurs*
Sand, *Indiana*
Sand, *La Mare au diable*
Sarraute, *Enfance*
Sarraute, *Les Fruits d'Or*
Sartre, *La Nausée*
Sartre, *Les mains sales*
Sartre, *Les mouches*
Sartre, *Huis clos*
Sartre, *Les Mots*
Sartre, *L'existentialisme est un humanisme*
Sartre, *Qu'est-ce que la littérature?*
Schéhérazade et Aladin
Schlink, *Le Liseur*
Schmitt, *Odette Toutlemonde*
Schmitt, *Oscar et la dame rose*
Schmitt, *La Part de l'autre*
Schmitt, *Monsieur Ibrahim et les fleurs du Coran*
Semprun, *Le mort qu'il faut*
Semprun, *L'Ecriture ou la vie*
Sépulvéda, *Le Vieux qui lisait des romans d'amour*
Shaffer et Barrows, *Le Cercle littéraire des amateurs d'épluchures de patates*
Shakespeare, *Hamlet*
Shakespeare, *Le Songe d'une nuit d'été*
Shakespeare, *Macbeth*
Shakespeare, *Romeo et Juliette*
Shan Sa, *La Joueuse de go*
Shelley, *Frankenstein*
Simenon, *Le bourgmestre de Fume*
Simenon, *Le chien jaune*
Sinbad le marin
Sophocle, *Antigone*
Sophocle, *Œdipe Roi*
Steeman, *L'Assassin habite au 21*
Steinbeck, *La perle*
Steinbeck, *Les raisins de la colère*
Steinbeck, *Des souris et des hommes*
Stendhal, *Les Cenci*
Stendhal, *Vanina Vanini*
Stendhal, *La Chartreuse de Parme*
Stendhal, *Le Rouge et le Noir*
Stevenson, *L'Etrange cas du Docteur Jekyll et de M. Hyde*
Stevenson, *L'Île au trésor*
Süskind, *Le Parfum*
Szpilman , *Le Pianiste*
Taylor, *Inconnu à cette adresse*
Tirtiaux, *Le passeur de lumière*
Tolstoï, *Anna Karénine*
Tolstoï, *La Guerre et la paix*
Tournier, *Vendredi ou la vie sauvage*
Tournier, *Vendredi ou les limbes du pacifique*
Toussaint, *Fuir*
Tristan et Iseult
Troyat, *Aliocha*
Uhlman, *L'Ami retrouvé*
Ungerer, *Otto*
Vallès, *L'Enfant*
Vargas, *Dans les bois éternels*
Vargas, *Pars vite et reviens tard*
Vargas, *Un lieu incertain*
Verne, *Deux ans de vacances*
Verne, *Le Château des Carpathes*
Verne, *Le Tour du monde en 80 jours*
Verne, *Madame Zacharius, Aventures de la famille Raton*
Verne, *Michel Strogoff*
Verne, *Un hivernage dans les glaces*
Verne, *Voyage au centre de la terre*
Vian, *L'écume des jours*
Vigny, *Chatterton*
Virgile, *L'Enéide*
Voltaire, *Jeannot et Colin*
Voltaire, *Le monde comme il va*
Voltaire, *L'Ingénu*
Voltaire, *Zadig*
Voltaire, *Candide*
Voltaire, *Micromégas*
Wells, *La guerre des mondes*
Werber, *Les Fourmis*
Wilde, *Le Fantôme de Canterville*
Wilde, *Le Portrait de Dorian Gray*
Woolf, *Mrs Dalloway*
Yourcenar, *Comment Wang-Fô fut sauvé*
Yourcenar, *Mémoires d'Hadrien*
Zafón, *L'Ombre du vent*
Zola, *Au Bonheur des Dames*
Zola, *Germinal*
Zola, *Jacques Damour*
Zola, *La Bête Humaine*
Zola, *La Fortune des Rougon*
Zola, *La mort d'Olivier Bécaille et autres nouvelles*
Zola, *L'attaque du moulin et autre nouvelles*
Zola, *Madame Sourdis et autres nouvelles*
Zola, *Nana*
Zola, *Thérèse Raquin*
Zola, *La Curée*
Zola, *L'Assommoir*
Zweig, *La Confusion des sentiments*
Zweig, *Le Joueur d'échecs*

NOTES

1502320R00013

Printed in Germany
by Amazon Distribution
GmbH, Leipzig